당신의
커피 한 통과
막걸리 세 병

# 당신의 커피 한 통과 막걸리 세 병

발행일     2020년 2월 14일

지은이     권대순
펴낸이     손형국
펴낸곳     (주)북랩
편집인     선일영                                              편집    강대건, 최예은, 최승헌, 김경무, 이예지
디자인     이현수, 김민하, 한수희, 김윤주, 허지혜                제작    박기성, 황동현, 구성우, 장홍석
마케팅     김회란, 박진관, 조하라, 장은별
출판등록   2004. 12. 1(제2012-000051호)
주소       서울특별시 금천구 가산디지털 1로 168, 우림라이온스밸리 B동 B113~114호, C동 B101호
홈페이지    www.book.co.kr
전화번호   (02)2026-5777                                       팩스    (02)2026-5747

ISBN      979-11-6539-089-1 03810 (종이책)                    979-11-6539-090-7 05810 (전자책)

이 도서의 국립중앙도서관 출판예정도서목록(CIP)은 서지정보유통지원시스템 홈페이지(http://seoji.nl.go.kr)와
국가자료공동목록시스템(http://www.nl.go.kr/kolisnet)에서 이용하실 수 있습니다.
(CIP제어번호: CIP2020006623)

---

**(주)북랩** 성공출판의 파트너

북랩 홈페이지와 패밀리 사이트에서 다양한 출판 솔루션을 만나 보세요!

**홈페이지** book.co.kr     •     **블로그** blog.naver.com/essaybook     •     **출판문의** book@book.co.kr

권 대 순
시 집

# 당신의
## 커피 한 통과
## 막걸리 세 병

북랩 book Lab

"삶은 구름과 같다.
그 구름을 가슴 속에 잡아 두고 싶었다.
이 시집을 통해서…"

나의 글은 심쿵하거나 스르륵 눈이 감기게 하는 아름다
움은 없다.
그냥 마음이 가는 대로 즐겨한다는 것이 맞겠다.
그런 대로 지루하지 않아 여기까지 왔다.
기록하는 일도 돈만큼이나 소중하게 생각한다.
문득 떠오르는 시상詩想을 기록하는 것부터 글쓰기의
시작이라는 생각이다.

어설픈 글을 모아 『삶과 추억을 고백하다』라는 제목으로
첫 시집을 출간했다.
그때가 2011년이다.
첫 시집으로 말미암아 형식이 다른 두 권을 이어서 출간
했다.
부모님 이야기의 자서전이다.

첫 시집이 마중물이 되어 연거푸 출간되었다.
살아가는 이치가 다 그렇지만 처음이 어렵지 그 다음은
술술 쓸 수 있었고, 정성을 담았다.

몇 해 동안 띄엄띄엄 메모한 초고를 고쳐서 써 놓았던
글을 모아 『당신의 커피 한 통과 막걸리 세 병』을 출간
한다.
다소 부족한 글이지만 동감하는 이가 두루 있었으면 좋
겠다.


2020년 2월
서울 용산, 경기 연천, 파주 문산에서
권대순 쓰다

장규화 (고향 친구, 부산 반여고등학교 교장)

그 감성을 쭉 가슴에 매달고 가세요.

구름이 두둥실 떠 있는 푸른 하늘이 더 아름답습니다.
그런 하늘 아래 어딘가에서 윤동주 님의 『하늘과 바람과 별과 시』가 탄생했겠지요.
그렇지만 어떨 때에는 비구름이 끼기도 하고, 눈보라가 몰려오기도 합니다.
짙은 구름에 가려 있어도 늘 맑고 깨끗함을 잃지 않고 때가 되면 나타나 세상을 아름답게 만들어주는 것이 하늘이겠지요.

사람들은 행복 섬으로 가기 위해서 온갖 어려움을 극복하고 한 땀 한 땀 꿰매며 스스로 걸어갑니다. 새싹에서 움을 틔워서 낙락장송이 되듯이, 인간이 언제나 행복이라는 희망 동산에 오르려고 애쓰는 것은 하늘이 늘 아름다움을 보여주려고 하는 것과 같은 이치가 아닐까요?

고단한 삶 속에서 습작習作을 게을리 하지 않았던 것은 스스로의 행복을 찾는 방법이라고 생각했습니다. 끈기 있는 글쓰기의 시작은 천성적인 시골 사람의 삶에 대한 애착이며, 대물림이며, 고향에 대한 순박한 추억 찾기라 생각했습니다. 그런 것들이 어우러져 늘 뒤돌아보며, 반성하고, 고마워하며, 눈물과 웃음이 시詩가 되었겠지요. 한 사람의 삶을 글로 기록했구나 싶습니다. 다른 누구도 아닌 바로 권대순만의 삶!

본문 속의 '그리움'이라는 시에서 '멀리 바닷가의 고향 친구'라고 함은 부산 해운대이겠지요?
그리워할 사람을 가졌다는 것은 감성의 풍선이 부풀었다는 것입니다.
의성 안평이라는 같은 고향에서 태어나 성장했지만, 각자 다르게 살아야만 하는 삶이기에 그동안 우체통에 넣지 못하고 마음속에 담아두었던 편지글을 소담스러운 시집으로 출간한 고향 친구 권대순 님을 축하합니다.
얽혀서 살아가는 모습을 쓴 삶의 편지를 찬찬히 읽어보

면 누구나 자신의 삶인 듯 공감할 수 있으리라 생각합
니다.

2020년 2월
부산 해운대에서

이애경 作, 2006년, 차리저수지 늦가을

# | 차 례 |

## 눈물 그 뜨거움에 가슴은 데고

# 봄의 설렘, 가을의 기다림

## 아련한 흑색 필름의 추억

## 소나무 숲에 흐르는 시간

# 눈물 그 뜨거움에
## 가슴은 데고

이 애 경   作 ,  2 0 1 6 년

# 어머니와 만 원짜리 지폐

고향집으로 부모님을 찾아 뵀다.
서울 가는 길, 차비 하라며
여든을 넘기신 아버지가 노자路資를 주신다.
오만 원짜리 지폐를,
다시 어머니가 만 원짜리 돈으로 바꾸어 주신다.


"길에서는
오만 원짜리는 바꾸어 쓰기 어렵다."라며


한없이 깊은 사랑이 온 전신에 퍼진다.
순간 찌릿해진다.

눈물 그 뜨거움에 가슴은 데고

# 막걸리 세 병과 커피 한 통

끝없는 기다림이
그 자리에 있음에
고향 가는 길은 설렘이다.

아버지가 좋아하시는 막걸리에다
어머니가 받고 싶어 하는
커피 한 통을 안고 고향집으로 향한다.

아련한 추억이 있고
부모 자식 간의 무한한 연緣을
막걸리 잔에 싣는다.
아버지 한 잔, 나 한 잔
막걸리 거품처럼 지난 시간들이 피어난다.
어머니 손맛이 깃든 경상도식 짠지에
삶의 애환과 마음은 물들어 간다.

읍내 버스비 일천삼백 원
서울 가는 고속버스비 일만 팔천이백 원
왕복 차비가 사만 원도 안 되지만
몇천 배의 기쁨이 있어
또 언제 다녀갈지
어머니의 짠지 맛이 입 안에서 침을 고이게 하는
그곳 나의 고향 아래 양지.

눈물 그 뜨거움에 가슴은 데고

# 어머니의 눈물

몇 해 전
취기醉氣와 함께
전철을 기다리며 같이 나이가 들어가는 동생에게 들은
이야기다.

막내로 태어난 동생은
막내 행세로 다섯 살까지 젖을 먹었다.
그리고 어머니의 분신처럼 졸졸 따라다녀
성가셨던 어머니는 동생의 젖을 뗄 요량으로
붉은 상처 치료제를
젖가슴에 발라 아프다고 했다.

어린 시절 어머니와 함께한 시간이 많아서
어머니의 속앓이 하시는 모습도 많이 보고
어머니가 흘리신 눈물을 본 것을 알려준다.
고향집 화장실 뒤편에서
앞산 마루 비탈진 돼지밭에서
그렇게 사람의 눈을 피해 우셨다고 한다.

종종
다섯 살 아들 옆에서 말이다.

한가할 때 동생에게 들은
어머니의 눈물을 생각하면
마음이 너무 아파 동공의 핏줄이 앞선다.
삶의 애환이 눈물이라면
어머니의 눈물은
자식의 성장과 같이하셨음을 기억하고 싶다.

손수건으로 눈물을 훔치면서
어머니가 왜 울었는지를 짐작하면 가슴이 먹먹해진다.

눈물 그 뜨거움에 가슴은 데고

# 설날, 고향을 떠나온 후 어머니는!

바다 한편
갯벌에 갇힌 폐목선廢木船처럼
허전함과 쓸쓸한 마음이
안방 가득하겠지!
고향집 앞 사급들 한복판에
바람이 더 매몰차게 어머니의 가슴을 파고들겠지!

삶이 다 공허함인데
언제 가슴으로 다가오느냐가
다를 뿐인데
오늘 오셨나?
아니면 내일 가슴으로 파고들어 올 것인가의 차이인데
어머니에게로 온
허전함이 왜 그리 더 서운함으로 오는지…….

겨울바람에
몸을 비벼 절규하는 갈댓잎처럼
처절한 외로움의 호소를 들으며

바람이 흔들어대는 난처함 속에서도 춤을 추며
마지막까지 존재함에 감사를 느낀다.

아담한 고향의 뒷산 아래, 굴뚝에 연기를 피워가며
존재하여 계심에 눈물겹게 감사를 느낀다.
어머니에게…….

# 나의 새벽은

맑은 두뇌
또렷한 영혼
순도 백퍼센트의 정화수 한 사발을 모시고 기도하는 어
머니의 염원
한 올 한 올 전투화 끈을 묶는 군인의 마음가짐
하늘과 땅과 바다에서 숭고하게 군인들이 순찰을 돌아
주는 시간
풀잎 끝의 이슬
발소리도 숨죽이는 시간
낙엽의 바스락 소리에도 귀 열어주는 시간
순수함의 갈구
열정이 꿈틀거리며 준비하고
변함없는 동광東光의 해후를 기다리는 시간
닭이 홰를 치고 모가지를 길게 뽑는 시간
만삭의 어머니가 심호흡으로 산고를 시작하는 시간
백만 원짜리 만기 저축을 타는 날 같은 기분의 시간
도랑을 잇고 마침내 내 논畓에 젖물을 적시는 순간
어둠 속에 대문을 열어젖히고 복 받을 준비를 하고
모락모락 굴뚝의 연기가 수직선을 알리는 시간

음식을 만드시는 엄마의 뒷모습
뚝배기에서 된장찌개가 끓고
그 뚝배기에 가족들이 숟가락을 넣는 모습의 사진이 찍
히는 시간
첫차 버스기사가 시동 걸기 전에 엔진 오일을 게이지로
확인하는 시간
이십사시 해장국집 아주머니가 꾸벅꾸벅 졸고 있는
시간
화살의 시위처럼 빠른 시간을 아쉬워하며
책상 위 스탠드 불 아래서 메모하는 시간
그러다가
문득 떠오르는 사람이 있어 전화번호를 찾아보는 시간
나의 새벽은!

눈물 그 뜨거움에 가슴은 데고

# 살면서 종종

살면서 종종
팔자로 돌리기엔 너무 가혹하다 싶을 때도 있다.

가슴이 철렁거리며
순간의 잘못된 삶을 전체인 양하여 오그라지며.
모든 것을 다 내려놓고
아무도 없는 무인도에서
혼자 냉엄한 고독과 함께
술 한 잔을 앞에 놓고
한없이 석양을 바라보고 싶기도 하다.

우리 엄마는
팔자대로 살아오셨을까?
아니면
닥치는 현실을 운명이라 거두어
삶이 팔자처럼 보였을까?

사뭇 궁금해진다.

살면서 종종…….

눈물 그 뜨거움에 가슴은 데고

# 늦었지만

삶이 녹록하지 않다는 것을 알았을 때
그 녹록치 않은 시간 속에서
우리를 이렇게 키워주셨음을 되뇌게 된다.
늦었지만

지금보다
더 먹거리가 없어 살기 어려웠고
자식을 키우기 위해서
많은 식구가 비좁은 방에서
그 방의 크기보다 더 큰 고민을 하고
애쓰셨을 생각을 하면 마음이 무거워져 온다.
늦었지만

고단하셨겠지
오늘의 절망을 묵묵히 기다리면서도
희망을 버리시지 않은 지혜가
늦었지만 더 크게 다가온다.
늦었지만 더 존경스럽고
늦었지만 더 가슴이 짠하여

눈시울이 붉어진다.

늦었지만…….

눈물 그 뜨거움에 가슴은 데고

# 나는 누구인가?

나는 어디서 왔는가?
그리고
삶의 여정에서
잘 가고 있는가?
뒤돌아본다.

섬세한 정情의 유전 인자를 주신 아버지
열정과 긍정을 핏속에 뿌려주신 어머니
척박한 객지에서 하루하루를 여물게 하는 거름들이다.

남과 더불어 가며 소박한 정 주고받으며
삶의 터에서 쓰러지고 상처를 받아도 또 일어서는
끈적거리는 모습들은
눈으로 익힌 교훈이었다.

흔들릴 때나
휘청거릴 때
여물을 썬 작두같이
모질 정도로 짧게

단절하는 지혜는
두 분이 주신 실천의 내림이 되었다.

세상이 두렵고
나 스스로가 싫고
도려내고 싶은 가슴앓이와
몸서리치는 아픔마저도 물리치는
인내의 근원은 유전 인자였다.
아니
아직까지 두 분이 존재하고 계심이 더 맞을지도 모르
겠다.

눈물 그 뜨거움에 가슴은 데고

# 마지막 남은 한 고랑이 힘이 더 든다

언제인지 기억은 없지만
어머니께서 하신 말씀이 기억이 난다.

"긴 밭고랑에서 잡초를 맬 때
마지막 남은 한 고랑이 힘이 더 드는 것이고,
물이 질펀한 논에서
나락을 머리로 이어 낼 때도
마지막 한 단이 더 힘이 든다.
마지막
일을 끝내기 전
힘이 빠져 허덕이고 있는데
누군가가 도와줄 때
왜 그리 고마운지…….
지금도 눈에 선하여
눈물이 막 나오네!"
라고.

# 기도 祈禱

오늘도 마음으로 빌어 본다.

풍요가 넘치는 사치를 멀리하고,
지금에 만족할 줄 아는 지혜를
마음에 심어 주시고,
지금보다 조금 부족한 삶과
절제節制를 갈망하는 진솔한 눈을
뜨게 하여 주십시오.

어머니!

# 부모님께 받은 유전 인자

한 분의 열정과
또 한 분의 섬세함이
우량 유전 인자 되어
핏속에 녹아 흐름을
하늘 아래 채워진 바람에게 자랑하고 싶다.

부드러운 물속에서도 지켜야만 하는
엄마의 영역이 선명하였기에
그것이 열정이 되어
결국 이 세월도 꺾지 못하는 삶이
되었으리라
나의 어머니는!

사소한 햇빛 한 조각에도
울컥해서 감동을 만들고
미소에 가려진, 눈가에 맺힌 이슬의 속내를
햇볕이 지나간 그림자 속에 숨어 글 쓰게 하는
섬세한 피를 주신 아버지가
나의 손에 연필을 잡게 하였으리.

버스 차창의 흩어지는 빗물은
고향 가는 길을 재촉하고
엄마의 큰 고함 소리와
소리 없이 웃는 아버지가 그려져
나의 가슴을 울렁이게 하네.

# 어머니의 휘어진 다리

시어머니의 위엄부터
하늘같이 섬겨야 하는 남편,
가난과 혹독한 고난 속에서
자식을 생산하고 가르치는 것까지
견디어 낸 다리이시다.

감당하기 어려운 가정의 굴레와
산자락에 붙어 있는 뙈기밭의 잡초까지도
어머니 몫으로 남아
다리를 성가시게 했다.

곱고 고운 새색시 다리가
콘크리트를 비집고 나온 철근처럼
시련을 감내하여 무릎은 혹이 되고
그렇게 견디어 낸 긴긴날이 원망으로
내 가슴에 조각이 되네.

삶이었을까?

운명이었을까?

당연히 받아들일 당신 몫으로 생각하셨겠지!

어머니의 휘어진 다리를 바라볼수록

가슴 속의 요동을 자제할수록

안구 속의 실핏줄만 뻐근하여 한숨을 쉬네.

# 마늘 촉 뚫기

쌀쌀한 겨울 기운이 남아 있는
넓은 들판에서
경계근무 서는 군인들처럼
온몸을 동여매고
마늘 논에서 할머니들을 만난다.
고향 안평 사급들에서

새하얀 비닐 속에서
혹한의 바람과 폭설을 인내한
한 촉 한 촉 파란 잎들을 들어내고
한 구멍 한 구멍 희망을 뚫어낸다.
막 지난 삼일절 독립기념일처럼
숨 막힐 듯한 비닐 속에서 만세를 부르게 한다.
파란 잎의 색깔만큼이나 끝없이 이어지는 마늘 촉에
생기를 넣는다.

칠팔십의 고령의 손이지만
오래전에 숙련된 손놀림으로
한 뼘의 쇠칼쿠리로
봄 이른 시간이지만 훨훨 날 수 있는 봄옷을 입힌다.
오월에 맞을 육쪽의 결실을 확신하면서
노인의 열정의 경륜으로
삼월의 찬바람을
넓은 들을 녹인다.
오늘도 묵묵히 마늘에게 혼을 불어 넣는다.
작은 희망을 키워 간다.

눈물 그 뜨거움에 가슴은 데고

# 삶과 회한

잘 이뤄 온 삶이라도
회한이 남을지니
그렇다면
가슴에 품었던 한을 풀어헤쳐나 보자
이렇게 사나 저렇게 사나
후회가 뒤따른다면
그래도 하고 싶었던 일을 우선하였다고
그 핑계에 부르짖어나 보자.

당신의 커피 한 통과 막걸리 세 병

# 그런 인연 없을까?

쉬운 인연
편한 인연
짧은 인연

이별 앞에 덜 아픈 인연
쉽게 헤어질 수 있는 인연
서로에게 짐이 되지 않는 인연
그런 인연 없을까?

# 떠난 사람

이 세상을 떠난 사람이나,
내 곁을 떠난 사람이 있다.
언젠가 떠나야 한다면 그래도 잡아뒀다가
아카시아 꽃이 피면 보내고 싶었다.

떠난 뒤에 문득 그리워지는 사람이 있다.
그리워 울컥 멱이 찬 사람이 있다.
하염없이 눈물 솟아나게 하는 사람이 있다.

잔설을 신고 온 바람이 불어도
가을비가 나뭇잎에 색을 입혀도
땡볕 아래서 고추가 붉게 물들 때도
뜰아래 햇살이 내 눈을 감기게 할 때도
심지어는
찐 감자나 옥수수를 씹을 때에도
그냥 목이 멜 때가 있다.
그 이유는
그가 떠나기 전 내게 한 말 때문이다.

"항상 나는 네 편이다."

눈물 그 뜨거움에 가슴은 데고

# 어머니의 욕은 바가지

여든의 부모님 사이를 보며
우리 부부를 그에 견주어 본다.

불현듯
아버지께 버럭 화를 내신다.
입가에 난 잡티며
조금 자란 턱수염까지 어머니의 성화가 된다.
아버지는 느긋하셨다.
빙그레 웃고는
"너 엄마가 왜 저르노……"가 고작이다.
한발 물러나신 여유에서 경륜이 보인다.

감나무에 달린 홍시를 흔드는 것 같아
홍시가 걱정이 되지만
자식들 앞이라 급 화해로 돌아서신다.
"검소하셨다."
"자식들 사랑이 한결같았다."
"마음이 따스한 사람이다."라고…….
아버지는 또 소리 없는 웃음만 지으신다.

아내와 불편해질 때
부모님의 다툼을 그려본다.
여든이 된 아내의 묵은 바가지를
여든의 남편이 받아들이는 포용을 봤다.

눈물 그 뜨거움에 가슴은 데고

# 할아버지와 겸상

할아버지와 맏손자가 겸상해서 밥을 먹는다.
손자는 싫지가 않다.
그 밥상에는 흰 쌀이 몇 톨 더 있고
구워진 꽁치 토막도 더 컸다.

누나는 큰상에서
할머니와 어머니와 함께
양푼이에 보리밥을 비벼 먹는다.
습관이 된 태연함이 묻어 있다.

세월이 더해질수록
겸상에서 먹는 밥이 무거워지는 것을 느낀다.
그 맏손자는
왜 겸상을 하는지,
왜 할아버지가 머리를 많이 쓰다듬어 주셨는지도
가슴으로 보게 된다.

겸상의 책임감을 어깨로 지탱하면서
세상에 공짜가 없음을 깨달으며 어른이 되어간다.
할아버지와 겸상을 함이
집안의 기둥이기 때문임을 알아가면서
동시에 그것이 누구도 거부할 수 없는
냉혹한 운명임을 알아간다.

눈물 그 뜨거움에 가슴은 데고

# 나를 닮은 아들에게

나를 닮아
소심하고, 놀기에 바빠
책 읽기를 소홀히 하는 아들아!
삶이 녹록하지 않을 때는
앞으로 뭘 해서 살아갈까 근심이 되는구나.

그래도 성격 하나는 섞일 만하여
이 세상을 살아가는 데 도움이 되리라 위로해 본다.

어릴 때 형과 싸워 얻어맞으며
질서를 일찍 알았고
가난이라는 단어를 눈으로 보며 가슴에 묻고
할아버지와 한집에 살면서 부모님의 효행을 봐왔다.
버겁게 몇만 마리가 북적대는 양봉 통 속의 벌들처럼
촌놈으로 태어나 서울에서 버티고 있는
촌놈 근성이 바탕이 되었다.

우려스러운 것은
아들은 촌놈이 아니라
서울 사람 모습에 가까운 색깔을 하고
하나밖에 없는 누나와
일곱이라는 나이 차로 서열을 알기나 하나,
이 아버지가 할아버지에게 효행을 해보질 않았으니 못
본 것이 당연할 것이고,
들판에서 꾸준하게 쟁이질 하는 황소를 보기나 했나,
모두 염려가 되어 가슴에 쌓이는구나.

혹 이 아버지가 알지 못한
엄마의 우성 인자가 핏속에 흘러
냉혹한 세상을 양손으로 더듬으면서
조급하지 않고
노력하면서
겸손하면서
끝까지 포기하지 않으면서
살았으면 한다.
사랑하는 아들아!

눈물 그 뜨거움에 가슴은 데고

# 삶은 외로움이다

행복은 짧고
멀고도 먼 공허함과
긴 외로움이 삶인지도 모른다.

외로움을 즐기고
외로움을 이겨내고
외로움을 도려내는 지혜를 얻는 시간의 삶!
그때그때 필요한 모든 것을 다 소유해도
외로운 것이 삶인 것 같다.

외로움을 절제하는
외로움을 이겨내는 바이러스를 자생시키는 것이
살아가는 이유일 수도 있는 삶!

나이와 무관하게 가슴으로 파고드는
그 나름대로의 외로움!
그때그때마다 외로운 색깔의 삶!
삶의 희喜로怒애哀락樂 중에서는 찾을 수 없는
가장 긴 여정이 외로움인지도 모른다.

손잡고 같이 가는 즐거움과 외로움 중에서도
왜 외로움이 더 깊게 파고드는지…….

눈물 그 뜨거움에 가슴은 데고

# 살아야 되는 삶

이천 원에 한 끼를 때우는
노인복지관에서 일을 도왔다.

연로하시지만
장정 일꾼보다 더 많이 밥을 퍼 오시고
그 높은 태산을 입으로 꾸역꾸역 넣으신다.
삶이 곧 밥이며
오직 살기 위하여 밥이 절실하다는 듯이……

족히 일흔이 넘어 보이는 할아버지는
비닐봉지에 밥을 몰래 담아가다가
젊은 영양사에게 혼이 나신다.
수차례 전과가 있는 밥도둑으로 낙인이 찍혀
출입을 금지시키겠다는 으름장에
긴장하는 모습이 역력하다.
잇는 끼니를 우선하는 노인의 삶을 본다.

삶이 뭔지,
인생이 뭔지를 생각하는 시간이다.
죽지 못하니
절실하게 살아야 하는 삶을 본다.

눈물 그 뜨거움에 가슴은 데고

# 삶

삶은 외로움이다.
바람이 이는 소리에도
빗방울 틈 사이에서도
외로움이 만들어져 가슴에 담긴다.

삶은 외로움을 이겨내는 시간이다.
허전함 속에서 찬찬히
어둠 속에서 마음을 읊조리며
하늘과 별과 달의 생각을 품는 시간이다.

외로움이 춤을 추는 들판에서
삶을 만났다.
바이올린 줄 가닥에 올려진
선율의 감정에 따라 일렁이다
나도 모르게 눈물 흘리는 시간이다.
그래서
이름도 모르는 별을 생각하며
별빛을 쫓아가는 시간이 삶이다.

# 성공한 삶

내 가슴이 아플 때
그 가슴을 어루만져주는 이가
풍성한 사람이고
성공한 사람이다.

내 가슴이 슬플 때
그 슬픔을 조각내어 자신의 가슴으로 가져가는 이가
풍성한 사람이고
성공할 사람이다.

눈물 그 뜨거움에 가슴은 데고

# 회상 回想

고향집 안평 박곡동에 가면
아흔 줄의 어머니의 묵은 이야기를 듣는 것이 구할이다.

"예, 그랬군요."라고 대답을 하다가
턱 괸 자세로 잠이 든다.

힘이 들 때 용기를 줬던 이웃과
어려울 때 서운하게 했던 사람
어떨 때는 서운해서 광분하시고
고마움에 눈물을 글썽이기도 하시고
한평생의 삶을
아들 앞에 풀어헤치신다.

그리곤
"너는 그 사람같이 살지 말라."라고 충고하시면
고개를 끄덕여 답을 하고
또 이어지는 어머니의 끝없는 회상이
살아오신 역경만큼이나 길다.

당신의 커피 한 통과 막걸리 세 병

어머니의
회상 속의 인물에서
나의 내일을 찾으려 한다.

눈물 그 뜨거움에 가슴은 데고

# 조급증

서리가 막 가신 3월에
대추나무 두 포기를 사서 심었다.
아침저녁으로 정성을 쏟았지만
새싹은 소식이 없었다.
조급만 하다가
죽었다고 내버려 뒀다.

한참 뒤 초여름에
죽었다던 대추나무 가지에
연녹색을 띠는 움이 붙어 있었다.
이렇듯 때가 되면 움이 틀 텐데
대추의 끈기에도
아랑곳없이 안달 내는 인간이었다.

서울 은마 아파트 지하상가의
줄 서서 기다려야 사 먹는 칼국수 집에서는
안달해 봐야 소용이 없다.
앞 사람이 소진이 되어야
탱탱한 칼국수를 젓가락으로 건질 수 있다.

때가 되면 전갈이 올 텐데
성가시기만 했다. 조급만 했다.
손님, 뭐 드시겠어요?
물어올 텐데 말이다.

눈물 그 뜨거움에 가슴은 데고

# 성공한 사람은?

보잘것없는 학력을 뇌에 심어 물을 주고
끈이 짧은 가방을 자양분처럼 관리하고
열등감의 바람을 내치지 않고 받아들여
긍정의 날개와 체온으로
삶이라는 알을 품어
노오란 새싹을 움트게
시간을 쪼개어 정성껏 살아가는 사람

그런 사람은
성공할 사람이라고 한다.

# 가족 家族

하늘이 내려줘 이미 끼워진 인연
내가 선택할 수 없는 인연
버리지 못하는 인연
저버리면 벌 받는 인연
너무나 모진 인연
사람의 몫을 다해야 하는 인연
마음이 아파도 끝까지 참아야 하는 인연
하늘로 보내고도 아련한 인연.

눈물 그 뜨거움에 가슴은 데고

# 젊은 구직자에게 그함

읽히는 책만이
책이 아니듯이
이름 모를 산모퉁이에 핀 무명의 꽃도
꽃이란 이름으로 불리며,
향기도 날린다.

불경기라는 메마른 그늘에 가려
왜소한 골방에서
구직에 시름하는 그대도
젊음의 냄새가 진동하는
싱싱한 인간임에는 틀림이 없다.

한 땀 한 땀 바늘을 떠
버선을 발에 씌운 할머니의 정성같이
바람 따라 흐르는 세월에 마음을 싣지 말고
채워가는 나날에 끈을 동여매어
걸쭉하게 고인 침만큼이나 끈적거리며
단내 나는 몸속의 공기를 내보내 보자

그리고
희망의 공기를 들이마시자.

그토록 좁은 어머니의 괄약근을 뚫고
이 세상에 나온 근성이면
어딘들 비집고 들어갈 틈이 없으랴.
젊은 그대여!
웅크린 날개에 희미한 점을 찍어 선을 만들고
하늘을 나는데 쉽게 이루는 노동이 어디 있으련만
한 번에 안 되면 열 번, 백 번 날갯짓하여
새와 함께 훨훨 날아보자꾸나
저 높은 하늘을!

눈물 그 뜨거움에 가슴은 데고

# 그렇저렁 사는 거지!

늦은 시간 전철 환승 구간 외진 구석에서
어머니 또래의 왜소한 할머니가
천 원에 파는 검은 비닐봉지 속의 호박잎을 생각하면
취중에 불쑥 만 원짜리 지폐를 팁이라고 줄 수가 없겠
지만
삶이란, 그럭저럭 사는 거지, 뭐!

비린내 풍기는 재래시장의 어물전에서
남루한 옷을 입은 주인아줌마와
고등어 두 마리를 흥정하는 아내의 모습을 떠올리면
모처럼 만난 친구와 마신 독주의 양주 값을
감히 낼 수가 없을 것이지만
세상사 그럭저럭 사는 거지, 뭐!

이십사시 편의점의
천 원짜리 자체상품 과자 한 봉지면
몇 쪽의 책을 다 읽을 때까지 입이 심심하지 않는데,
집 앞 베스킨라빈스 아이스크림 가게에서
육천삼백 원 하는 파인트 한 컵이면

당신의 커피 한 통과 막걸리 세 병

아파트 현관을 들어서는 나에게 세 명의 가족이 환호를
하는데,

동네 횡단보도 앞의 허름한 트럭에서
삼천 원짜리 뻥튀기 한 봉지를 사면
몇 시간 동안 텔레비전을 보면서 행복한 시간을 보낼 수
있는데
삶이란 딱 떨어지는 계산같이 살 수 없는 것이고
그냥, 그럭저럭 사는 거지, 뭐!

눈물 그 뜨거움에 가슴은 데고

# 선택이란?

새벽에
잠자리에서 눈을 떠
일어나야 하나, 잠을 더 잘까!

출근길에
지하철을 탈까, 아니면 시내버스에 오를까!
정확한 시간을 지켜주는 지하철을 탈까,
서울 하늘을 보는 즐거움이 있는 버스를 탈까!

상큼한 맥주를 한잔할까,
막걸리의 구수함에 목을 의지할까!

사랑하는 여자를 품을까,
돈 많은 집안의 여자를 꿰어 찰까!
명예를 쫓아갈 것인가,
아니면 운명에 맡길 것인가!

선택은 결국 내가 하는 것.
나를 위해서 내가 할 때가 있고,
남을 배려해서 내가 선택할 때도 있는 것.

생각해서 이루는 것도 있고,
또는 우연하게 선택을 하기도 한다.
그 선택으로 내 삶의 역사가 시작되고, 기록되는 것.
선택은 나의 것으로 남게 되는 것.
인생이라는 이름으로…….

눈물 그 뜨거움에 가슴은 데고

# 하늘이 돌을 던졌다

사람이라는 돌을 하늘이 던졌다.
그 돌이 지구의 외진 곳, 조그만 동양 시골에 떨어졌다.

양지바른 곳에서 봄의 기운과
여름의 풀벌레 소리에 귀가 열리고,
장마의 산사태에도 용케 견뎠다.
이름 모를 가을꽃들과 형형색색의 단풍과 대화를
하면서
산모퉁이의 바람을 껴안으면서
그럭저럭 둥글어진다.

또 하늘이 돌을 던졌다.
그리고 또 하나 더……
하나는 전주예수병원에 떨어지고
다른 하나는 대전 충남대학병원에 떨어졌다.

하늘에서 떨어진 돌은
여타의 간섭도 없이 떨어졌다.

땅에 떨어진 돌은
하늘이 정해준 대로 살아갔다.

첫 번째 떨어진 돌은
세월에 몸을 맡겨 조금 더 원만한 돌을 만났다.
자의에 의한 운명적인 만남이 아닌
하늘의 뜻에 의해 만났다.
인간은 그것을 운명이라고 했다.

돌은 그저 묵묵히 있을 뿐
스스로 할 수 있는 것이 없었다.
이슬을 주면 물기에 젖고
소슬바람에 그 물기를 떠나보냈다.
작은 틈새로 질경이 씨앗을 넣으려고
아등바등 몸부림을 치면
하늘은 함박눈으로 눈과 귀를 막고 가만히 있으라 했다.

시간이 흐른다.
그 눈들이 녹아 물이 흐르고

눈물 그 뜨거움에 가슴은 데고

움을 틔워 꽃을 피운다.
그 꽃이 지고 씨앗이 떨어질 때쯤
돌은 원만하게 세월에 다듬어졌다.
그때도 하늘은 그 돌을 바라보기만 했다.
무덤덤하게……

또 하늘이 돌을 던졌다.

# 우울증은?

땟거리가 없는
각박한 삶이라면
구박으로 뒤덮인
하루하루라면
죽을 것 같은 긴장 속에
울렁증이 있다면

더 열정을 가지고
이루려는 소망이 간절했다면
늘 긍정을 가슴에 담아
감사해 하고 산다면
나보다 못한 다른 이를
가슴으로 안타까워하고 산다면.

눈물 그 뜨거움에 가슴은 데고

# 봄의 설렘,
# 가을의 기다림

이 애 경  作 .  2 0 1 8 년

## 2 꽃처럼

꽃샘바람의 시샘 속에서
소란을 떨며
조급하게 피고 진
벚꽃보다는

한 송이
두 송이
번갈아 가며
긴 시간을 두고
꽃망울을 드러내는
들꽃이고 싶다.

# 가을

가을은 여름이 지나면 그냥 오는 게 아니라
내가 가슴으로 만드는 계절,
내 마음으로 스스로 느끼는 계절이다.

코스모스 볼 비비며 한들거리는 그 키와 함께 사진 찍
어 보았는가.
흐르는 바람에 눈 감고 가을의 냄새를 폐肺 깊숙이 넣어
보았는가.
아둔한 언어이지만 한 편의 시를 써 귀뚜라미에게 읽어
줘 보았는가.
아파트 창문 틈에 끼어 있는 둥근달을 쳐다보며 고향 뒷
동산의 그 달과 견주어 보았는가.
지그시 눈 감고 추억을 떠올리며 옛 친구를 그려 보았
는가.
벌어진 밤송이를 보고 환희인지, 슬픔인지 고민해 보았
는가.
황금 들녘의 고개 숙인 나락을 보며 부모님이 흘린 땀을
생각해 보았는가.

잠 설쳐가며 일어난 새벽에 단풍나무 밑에서 남자의 눈
물을 생각해 보았는가?

허전한 마음 이대로 멈췄으면 하는 바람이 있는 계절
문득 지나가는 바람이라도 잡고 말을 걸고 싶은 가을!
우리를 멈추게 한 너
우리를 스스로 눈 감게 한 너
그리고 평화스러움을 생각하게 하는 너
나의 가슴에도 진정 가을은 왔는가 보다.

# 봄바람 春風

턱을 에는 혹한의 바람도 숨죽이게 하고
땅속에 꽁꽁 숨은 냉이도
움틈으로 미소 짓게 하고
지천명知天命의 내 마음도 흔들고 있으니
가히 둔덕을 넘어오는 춘풍은 대단하구나.

작년에 온 그 봄바람에 속아
그 또한
바람인 것을 알았기에
5월의 푸름이 빨리 내 곁으로 와
아지랑이의 눈부신 그 파장을 덮어 주기만
무덤덤하게 기다리고 싶다.

# 꽃샘추위

봇물이 터져
온 들판이 덮인 것처럼

봄바람에
3월의 따사로움에
한꺼번에 잠이 밀려오고
감당할 수 없을 정도로 마음이 열리고
허물어짐을 우려한
마지막 남은
겨울의 안타까운 손짓.

# 봄春

코끝으로 봄을 부른다.
향香을 찾는다.
양어깨에 날개를 달고

봄바람에 몸을 맡긴다.
간혹 황사가 성가시게 하지만
조그마한 새싹으로
가만히 밀어내고 있다.
꽁꽁 동여맨 짚단을 풀어
그 틈새로 꽃잎이 넓은 백목련을 불러 보자
마음으로
개나리의 은은함을 세어 보자
그 내음과 함께 봄은 오겠지
짓눌린 어깨 위에 풍선을 달아 주리라.

# 새벽길의 관악산

나의 두뇌에 생각들이 내려앉게 하는 안개와 동행을
하고
자유로운 비행을 하는 시간
삐죽삐죽 바윗길이지만
발걸음은 풍선을 매달고
마음이 편안한 길
넉넉한 시간
나를 지켜주는
노송과 안개들
인접에 발자국 소리는
외로운 가슴에 분주함을 주고
연주암의 시래깃국이 포만감을 만들어 주고
어두움과 같이하는
산사의 묵직한 경건함과
도회지 전철이 소외되어 한가해지는 곳

봄의 설렘, 가을의 기다림

# 낙엽은 내일이 있다

움을 틔워 희망을
잎을 내밀어 풍요를
꽃을 피워 환희를
열매를 달아 결실을 만들듯이

가을 낙엽에게 삶을 물어본다
낙엽을 만들어 내일을 준비하자고

당신의 커피 한 통과 막걸리 세 병

# 봄꽃 春花

매서운 들판에서
볼을 에는 칼바람도 받아들였던
인내의 눈물을 쏟아낸다.
그리고 소리 없이 노오란 눈망울을 밖으로 내민다.

# 농부 윤도병 님

태풍 링링*이 쓸고 간 과수원에
수확을 눈앞에 둔 사과가 떨어져
한탄을 하는 아내 지춘자 여사님에게
"그래도 달려 있는 사과가 더 많다."
라고 안심시켰다.

농약을 조금밖에 안 친 과수원에
벌레들이 사과를 모두 갉아 먹는다고 원성을 할 때
"그래도 심은 사람이 더 많이 따먹겠지!"
라고 벌레를 원망하지 않았다.

---

* 태풍 링링(Typhoon Lingling)은 2019년의 제13호 태풍으로, 9월 2일 오전 9시
  에 중심기압 1,000hPa, 최대풍속 18㎧, 강풍 반경 280㎞(북동쪽 반경) 크기 '소
  형'의 열대 폭풍으로 필리핀 마닐라 동쪽 약 560㎞ 부근 해상에서 발생하였다.
  9월 7일 오전 6시 28분에 전남 신안군 흑산도에서 순간최대풍속 54.4㎧를 기
  록하였다. '링링'은 홍콩에서 제출한 이름으로 소녀의 애칭이다.

농부 윤도병 님이 그렇게 말했다.
그는 연천군 백학면 두현리에 살고 있다.

# 백목련

따스한 기운을 느끼려
열어놓은 좁은 틈으로
흰 커튼이 조용히 휘날리고 있네.

앙상한 가지에 매달려
백목련 자태를 뽐내며
봄을 재촉하고 있네.

# 밤夜의 찬가讚歌

밤은!

슬픈 석양을
고이 간직하였다가
다시 뿌려
그 화려함의 노을로
서녘을 즐겁게 만드는 아량이 있다.

타인의 생각을 벗어나
막걸리가 숙성되도록 넉넉히 기다려 주기도 하고
그 술로 자리를 만들어 빈 병을 뒹굴게도 한다.

취기에 애환이 깃든
우리의 고단함을 실은 이야기를
사방에서 받들어 경청해 주기도 하고
평범한 우리의 삶에 몸서리를 치며
이슬과 함께 울어 주기도 한다.

그러다가 고단하면
장닭의 홰치는 소리에 놀라
소리소문없이
어둠을 밀어내고 기다림의 새벽을 불러 모으기도 한다.

밤은 어머니와 같다.
묻어 주고, 감싸 주고, 기다려 주고
지난 시간과 첫사랑
먼 곳의 고향까지도 다 보여 주며.
우리네 삶을 토닥거려 준다.
낮의 화사함보다 부족한 표정이지만
포용할 줄 아는 그 가슴에 기대어 살아 있음을 안도하
고픈 밤이다.
나에게
내일의 꽃봉오리를 피게 하는 희망이요.
나를 지켜 주는 힘의 밤이다.

# 이른 가을

아침 바람이 나의 목을 껴안고
떠난다.
골목길에서 그 바람을 따라
내 마음도 길을 나선다.
발걸음은 불현듯 서러움이 찾아든다.

하늘에게 말을 걸어 본다.
높은 곳으로 같이 와
코스모스 꽃잎을 세자고 한다.
그 말에 콧날이 시큰둥해진다.

막 떠난 말복을 따라
뒤쫓아 온 가을이다.

성질 급한 가을이다.
그해 가을은!

# 겨울 목련 冬木蓮

금방
뱉어낼 듯이
하~아~얀 속살을 한입 물고
경칩 춘분이
봄바람 만들기만
기다리는구나!

봄의 설렘, 가을의 기다림

# 토란

비 오는 날 우산이 되기도 하고
꽁보리밥을 덮는 밥보자기도 되고
제사 음복 음식을 둘둘 말아
고향 동네 맨 윗집까지 따라가 준 너였지!

철없던 시절
목욕하는 물 대야에 너를 둬
가려움에 몸서리쳤던 아픈 추억들.

버려지는 물 한 바가지를
부러질 듯 휘청하며 은구슬 한 가슴 받고는
넉넉하게 남에게 내어 주는
정 많은 너였지!

큰 키로 싱겁 떨며
고이고이 빗물 받아 이마에 이고
한들한들 가슴 죄며 살아가는
겁쟁이 인생사로
기억에 남는 너다.


※ 토란 속의 가려운 성분은 알칼로이드이다.

# 가로등 옆 목련꽃의 조화

부부같이, 연인처럼
서로 바라보는 해와 구름의 인연같이
친구처럼 노닥이는 달과 별같이

목련꽃만 피어 있었다면
가로등만 아파트 뜰을 지키고 있었다면
외로움은 더 커지고
꽃잎이 땅으로 내려앉은 뒤
더 허무하였으리라.

당신의 커피 한 통과 막걸리 세 병

# 가을 그리고 흙과 눈물

가둬 두고 싶은 가을바람은
나를 외로운 창가에 세워 두게 하고
그 바람에 나부끼는
갈댓잎의 울음을 받아 적은 것이
글이다.

그리고
그 울음 속, 사이사이에 숨어있는
엄마에 대한 그리움으로
찡한 서러움이 복받쳐
염기鹽氣의 액체가 볼 언덕을 타고 내린 것
그것이
눈물이다.

# 을숙도 乙淑島**

너의 고향이면
나의 고향도 되겠지?

스쳐 가는 바람과
쉬어 가는 물길은
손 내밀어
고니에게 동행을 재촉하고
그래서
더 온화한 땅

아무것도 거스르지 않은
한 톨 한 톨의 모래가
억겁億劫 동안 쌓여
고향을 만들었으리라

** 부산 낙동강 철새도래지 을숙도 한자표기가 '乙淑島'라 하는데 이것은 잘못
된 것 같다. '을'자는 뜻이 '새 乙'이고, '숙'자가 '맑을 淑'으로 표기되고 있는데
을숙도가 옛날부터 철새 도래지였다면 '잘 宿'자가 옳을 것이다. '乙'자는 '새
鳥'자와 뜻이 같은데 글자 모양을 보더라도 마치 '물에 앉은 새'처럼 생겼다.
'잘 宿'자에는 '머무르다', '깃들다'라는 뜻도 있다.

당신의 커피 한 통과 막걸리 세 병

어머니 뱃속처럼……

자애로운
풀 한 포기마저도
수수하게 나를 기다리는
을숙도에는
기다려 주는 바다가 있어
덜 외롭게 하네!

봄의 설렘, 가을의 기다림

# 추분秋分 ***

버스 안
앞사람이 엉덩이로 데우고 간
좌석이
따스함으로
다가오니
더위 너 또한
보내야겠구나!


나락이 더 고개를 숙이기 전에……

---

\*\*\* 추분(秋分): 24절기의 열여섯 번째, 낮과 밤의 길이가 같으나 이 시기부터 낮
의 길이가 점점 짧아지며, 밤의 길이가 길어진다. 동면할 벌레가 흙으로 창
을 막으며, 땅 위의 물이 마르기 시작한다고 하였다. 농사력에서는 이 시기
가 추수기이므로, 백곡이 풍성한 때이다.

당신의 커피 한 통과 막걸리 세 병

# 봄비 春雨

환희의 눈물
따스한 온기의 고마움을 드러낸 눈물
움틈을 기다림에 대한 감동의 눈물
혹한을 이겨낸 서러움의 눈물
앞으로 좋은 일만 꿈꿔 보자는 희망의 눈물

모든 것을 담아
32층 유리창에 붙어서 타고 내리며
시위하듯이
떳떳하게
그 눈물을 보여 주고 있다.

유독 더 추웠던 지난겨울
몸서리나게 혹독했지만 그래도 정이 들어
마지막엔 눈雪과 같이 동행한 눈물.

## 무너미 계곡에서
## 네 곁에 눈 붙이고 싶다

별이 땅으로 떨어지고
적막이 친구가 되어 주는 관악산 무너미 계곡
그 별이 내 가슴에서 침이 되어 아프게 할지라도
오늘 밤은 네 곁에서 잠들고 싶다.
아랫목은 아닐지라도……

나무 쪼는 딱따구리 부리 소리가 고막을 성가시게 하고
삼겹살 굽는 프라이팬에서 튄 기름이 나의 동공을 방해
해도
경상도식 배추 전을 먹을 때 군침의 소리조차 죽여 가며

너의 곁에서 잠들고 싶다.
오늘 밤엔……

작은 바람을 담은 장작불은 계곡을 밝히고
그 모닥불 넘어 시선을 주고받으며
정감이 있는 오래된 목소리로
너의 온기를 전해 받으려 한다.

계곡의 어둠을 비집고 번져오는 웃음소리
관악산 정상봉에서 내려오는 물소리는 귀를 간질이고
독기의 조니워커酒에 취해 굳어진 혓바닥이지만
애원하듯 너에게 말하고 싶다.
오늘 밤은 네 곁에서 눈 붙이고 싶다고
다시는 돌아오지 않을 관악산의 이 밤에……

# 가을에게 삶을 묻는다

삶은 항상 가을이다.
생각은 늘 귀뚜라미 소리를 머리에 담고
고향에서 비춰 주는 달빛만큼이나
마음이 휑한 것 같은 것이 가을이다.

허전한 가슴을 가을에게 묻는다.
소리 없이
흔적도 없이
손을 뻗어 낙엽을 낚아채 간 바람에게 묻는다.
어떤 삶이 진솔하며
인내의 끝은 어디인지를….

그 바람에게 띄워 보내 본다.
가을에게 물어본다.

당신의 커피 한 통과 막걸리 세 병

# 산에 오르며

각자의 다른 옷 색깔만큼
남과 다른 모든 것을 집에다 붙들어 두고
서로의 생각과 드러낼 수 없는 고민을
가슴으로 여과시키며
서로 다른 이유를 지닌 채 산을 오른다.

혈관 속의 액체를 폭포수처럼 빠르게 하고
폐 속의 버려야 하는 묵은 공기를
신선한 소나무 향기로 가슴에 저장한다.

땀 품은 젖은 속옷을 갈아입는 듯이
신선한 생각을 등산화 바닥의 낙관으로 바위에 새긴다.
헉헉거리며
신선한 내음에 도취되어 간다.

# 제주 우도牛島의 밧길

줄을 그으며 나아간다.
그리움과
추억과
삶을 맞으러…….

그 길에 바람이 반가이 마중을 나오고
기러기는 날갯짓으로 환호도 한다.

우도牛島의 등대를 뒤로하고
저 넓은 바다의 가슴으로 파고든다.
그리고
고백한다.
우도牛島의 바람을 사랑한다고…….
우도牛島의 숨결을 느끼고 싶다고…….

추억의 선線을
바람의 선線을
생각의 선線을 남기며
그 작은 배는 아득히 사라지고 있었다.

사랑한다고

우도牛島의 모든 것들을······.

봄의 설렘, 가을의 기다림

# 아련한 흑색 필름의
## 추억

이 애 경　作，　2 0 0 2년

# 허주한 기쁨

군대까지 다녀온 다 큰 아들이
지방 병원에서 말기 암 환자 판정을 받고
서울의 큰 병원에서 결과를 기다리는
친구의 숨 멈출 듯한
간절한 기다림

자식 사랑에
온 천지마저 감동을 했는지
암이 아니라는 진단에
기쁨 반 허무 반으로 버무려진 눈물의 악수
그리고 긴 침묵의 동행.


- 고향 친구 강덕구와 서울 삼성서울병원에서……

# 커피 한잔을 보온병에 넣고 싶은 봄

봄은
소리 없이 땅속에서부터 오고
이름 모를 여인의 옷깃에서 피어난다.

부서진 팻말이 지키고 있는 주말농장의 모퉁이에서
귀룽나무 잎에서 소곤소곤하게 오기도 하고
냉이의 작은 입을 삐쭉거리면서 봄은 가슴을 펴기도
하고
교대 전철역에서 바삐 움직이는 아낙네의 가벼운 색깔
이 창을 열게 한다.

계곡에 흐르는 것 같은 물소리지만
어깨 위에 봄을 태워 졸림을 견디는 소리는 다른 법이다.
부활절에 껍질을 깐 흰 계란처럼
답답한 굴레를 내팽개친 것 같다.
가벼운 색깔의 스카프를 가는 목에 두르고
아지랑이 피어오르는 달래밭을
사진 한 장으로 기억에 남기고 싶은 봄이다.

봄은 어디서 오는가?
겨울의 매서움이 떠밀어서도 아니고
여름의 소나기가 재촉을 해서도 아니다.
커피 한잔을 보온병에 담고
너와 함께
아지랑이와 같이 떠나고 싶은 봄이 왔다.
실눈 뜬 목련꽃만 알게
조용하게 떠나 보고 싶은 봄이 왔다.

아련한 흑색 필름의 추억

# 허전한 가슴, 바람에게 물어본다

봄바람은
그 따스함에 눈 감아 보라고 하고

계곡의 여름 바람은
복날 최고의 선물이라 하네.

코스모스 볼 간질이는 가을바람은
눈감고 시 한 수 지어 보라 하고

겨울바람은
함박눈 내리는 소리에 귀 기울여 보라고 하네.

때에 따라
허전한 가슴
그 어떤 바람도 내게 채워 주질 못하였네.

당신의 커피 한 통과 막걸리 세 병

# 잘 추스른 고난(苦難)이 추억이 되리

때로는
신(神)이 왜 나에게 이런 가혹한 삶을 주시냐고 원망할 때
가 있다.
아주 간혹은
별 어려움 없이 자식 키우며 살길이 없을까 반문할 때가
있다.
살아가기가 녹록치 않을 때…….

그러나
지난 세월을 눈 감고 회상해 보면
아픔일 수도 있고,
몸서리치는 괴로움일 수도 있지만,
그 추억 속에서
간간이 행복을 찾아내는 게 우리의 삶이고 보면
잘 추슬러 이긴 고난은 분명 미소 짓는 추억이 된다.

혹한의 추위를 견뎌
움을 틔운 매화꽃의 화사함처럼

고난을 잘 추슬러
뚫고 개화된 추억의 꽃향기를 만들어 보자.

비가 오면 그 비에 몸을 맡겨
측은하게 마음이 젖어 보기도 하고
눈이 오면 사방팔방을 휘날리며
눈보라와 함께 방황을 해 보기도 하고
봄기운에 아지랑이 손짓을 하면
바람이 잠들고 있는 곳에서 쪼그리고 앉아 졸아가면서
순간순간
아슬아슬하게 견디어 이기면
그 또한 추억이 되리.

잘 추스른 고난苦難이 추억이 되리.

백 년 뒤나
천 년이 흘러 우리의 후손들은
우리가 감내한 추억의 삶을 작은 역사라 치켜세우며

큰 바위에 올려놓고
영화의 주제로
텔레비전 연속극의 줄거리로 이어가는 역사도 될 수
있음을 기억해 내자.
잘 추스른 고난苦難은
교훈의 작은 추억이 되리.

# 시간時間과 회상回想

컬러 사진보다는
빛바랜 흑백 사진이 더 오래 시선을 묶어 둔다.

지금 아무리 세련된 모습도
몇 년이 지나면 대다수는 촌스러운 것이지만,
고난에 지친 지난 모습일지라도
새록새록 그때를 못 잊어 회상하며 눈물짓기도 한다.

어머니의 혼魂과 손때가 묻은
오래되어 숙성된 된장의 깊은 맛처럼
시간이 더할수록 빛을 발하는 것들
지금 이 시간은 내일에 가서는
어제라는 추억의 보석을 만들고
지나가 버린 유행은
쉽게 잊혀 가는 바람 같은 것

당신의 커피 한 통과 막걸리 세 병

혹한의 겨울에는
무더위의 흘러내리는 땀이 그리운 것이고
숨이 막힐 것 같은 엄청난 더위는
귀 비비며 동동걸음을 쳤던 그 겨울을 생각나게 한다.

색이 물든 나뭇잎 사이로 유독 큰 달을 보며
지난 시절 함께 했던 이들이 스치어 간다.

아련한 흑색 필름의 추억

# 그립습니다

흥겨울 때도
마음이 아파도
애간장을 녹이는 그리움도
눈물을 재촉한다.

그때
그 감정
나의 가슴속의 느낌을
종이에 옮겨 보여줄 순 없을까!

글이 부족하면
그림으로 전하면 되고, 그 그림도 부족하면
노래라도 해 보리라.
그래서
가을 하늘에 내 마음을 전하리.
그립다고…….

# 이삼십 년 뒤 문득 생각나는 사람이 되고 싶다

이삼십 년 전에 만났던 사람들을 생각해 본다.

나에게 편하게 해줬던 사람
혹독하게 못살게 군 사람
무덤덤하게 지켜봐 준 사람
아무런 관심도 주지 않았던 사람
무수하게 만난 사람 중에
불현듯 생각이 나는 사람이 있다.
꼭 나에게 잘해 준 사람은 아니지만……

불과 몇 년 전까지는 용서할 수 없었던 사람이었지만
지금은
그렇게 해야 했던 이유가 있음을 알았다.
얼마 전까지는 나에게 잘해 줘서 고마웠지만
사람이 너무 좋아서 험한 세상에 힘들게 살고 있을 것
이라
걱정이 앞서는 사람도 있다.

인간사에서
사람 관계가 다 팔자소관이라면
그래도
이삼십 년 뒤 문득 생각나는 사람이 되고 싶다.

특히 너에게는
문득 생각나는 사람이 되고 싶다.
이삼십 년 뒤에는…….

# 노인 老人

늘
바람처럼
그 자리를 맴돌듯이
지켜주는 분

그래서
찾아오는 이에게
꽃처럼
씨~익~
웃음을 보여 주는 사람.

당신의 커피 한 통과 막걸리 세 병

# KBS 방송 인간극장 프로그램

그냥 사람이
살아가는 이야기

사연으로
행복을 만들어 가는 이야기
보리밭에 바람이 이는 이야기.

보통 사람들의
평범하고 특별한 이야기.

아련한 흑색 필름의 추억

# 예의禮儀 1

흔들리며 살아가는 게 인간이기에
나 또한 풀잎에 이는 바람처럼 흔들릴 때가 있었다.
그러나
아내에게는 물어보지 않았다.
흔들려 보았느냐고?

당신의 커피 한 통과 막걸리 세 병

# 예의禮儀 2

남에게
모든 것을 보여 주는 벌거벗은 알몸으로
샤워 꼭지 물과 함께
오줌을 뉘
은근슬쩍 감추는 것
그것이다.

# 근대 생활의 추억

화끈거리는 발바닥을 차가운 인내의 머리로 식히며
영천벌을 가로질러 일백㎞의 행군을 했다.

저 멀리 경부선의 완행열차에서
뚫고 나오는 불빛이 나를 흔들리게 하고
객실 안의 고단한 여행자가 한없이 부러워진다.
언젠가 기어이 저 야간 완행열차를 타고
기차 객실의 불빛과 같이하며
열망했던 작은 정감을 같이 나누리라 다짐했다.

어둠으로 분간이 어려운 어느 계곡을 지나
계곡물 소리가 간간이 내 귀를 의심하는 곳에서
찔레꽃 향기는 코를 즐겁게 해줬다.
땀으로 절은 군복 냄새를 내팽개치고
신선한 찔레꽃 향내를
행군에서 알게 되고 사랑하게 되었다.

비 오는 여름날
군대 담장을 넘어오는
수제비 속에 익어가는 감자 냄새로
콧구멍은 벌렁거리고
어머니의 투박한 손맛이 아른거려
잠시 군가 소절을 잊고
울컥 눈물 흘려 본 적이 있었다.

뉘엇뉘엿
서산에 해가 걸려갈 때쯤
비스듬히 둘러멘 소총 뒤에는
철원의 이름 모를 동네의 굴뚝에서 연기가 피어오른다.
고향인 듯 한참을 눈으로 넣다가
헛디딘 발 때문에 삐끗하기도 했다.

그때로 돌아가자.
영천으로, 철원으로!

아련한 흑색 필름의 추억

# 원당리 元堂里

선생님은 분간하기가 어려웠다.

다른 땅이지만 이름이 같은 명찰을 달았기 때문이다.
고양시 원당동과는 다른
그는 연천군 장남면 원당리다.

조선 시대 장단현을 다스리는
원님의 관저인 원당이 있었던 땅이라고 한다.
그래서 원당리라 불렀단다.

임진강과 사미천沙彌川이 지척이라
넓고 기름진 땅을 가졌다.
임진강이 범람을 해서
온 들판과 안방과 부엌까지 물이 찬 적도 있었다.
그래서 솥단지를 산에다 걸고, 물 빠지기만 기다렸던 곳
이다.
강江을 가졌다는 이유로 톡톡하게 혼이 난 땅이다.
1리, 2리, 3리로 조촐하다. 번잡스럽지 않다.

해방이 된 후에도
언덕 몇 개를 넘으면 닿는 개성까지 들락거려
개성 인삼의 재배 기술을 전수받고, 인삼이 잘 자라는
땅이 원당이다.
수십만 칸의 인삼이 육 년 뒤를 기다리며
땅속에서 요동치고 있는 땅이다.

북한과 접경接境 지역이지만
선을 그을 때마다 남한의 자유민주주의 땅이 되었다.
약 천오백 년 전에 쌓아서 만든 호로고루성瓠蘆古壘城이
원당3리에서
지켜준 기운氣運일 것이다.
선택의 땅이며, 다행의 고장이며, 평화의 들판이 원당
리다.

해바라기의 미소에 숨 고르기를 하며
황금 들녘의 넉넉한 포용을 보면서
원당리를 불러 본다.
화음을 넣어서 불러 본다, 원~당~리…….

# 오토바이는 받아 준 옥수수밭

고인이 된 아버지의 생전 이야기다.

몇 해 전 여름
아버지께서 고향 장터에서 친구들과 함께
막걸리를 몇 잔을 하시고 음주 운전으로 오토바이를
타고 귀가하셨다.
집 앞에 도착하신 아버지가 긴장이 풀리셔서
오토바이와 함께 넘어지셨는데
그곳이 마침 집 대문 앞 옥수수밭이었다.
그때 우리 어머니는 이렇게 말씀하셨다고 한다.
"왜 옥수수밭에 넘어지냐?"라고.
오토바이와 함께 넘어져 다치신 아버지보다 옥수수가
더 소중했기 때문이다.
그 옥수수는
손자, 손녀에게 주기로 마음먹은 선물이었기 때문이다.

# 2012년 해돋이 기도

동해 주문진항의 첫 일출은
나약한 인간이 기다리고 있음을 알았는지
조금 늦은 시간에 구름으로 얼굴을 가리고 내밀어
볼을 에는 해풍海風 속이었지만
우리의 소원을 포용하기에 충분했다.

주문진의 앞바다같이 대범하게 감싸거라.
선자령仙子嶺의 바람처럼 매섭게 두 눈을 부릅뜨고
대관령의 고지군群같이 건강과 용맹으로
강원도의 눈雪같이 소리 없이 온 세상을 덮으면서
이 산 저 산과 인연을 맺은 고랭지의 배추밭같이
넉넉한 바람과 햇볕과 대화하면서
흑룡의 해年 정기를 우리의 가슴 가슴에 품자고

얄밉게 조금 늦은 일출에게
그렇게 빌어 보았네!

당신의 커피 한 통과 막걸리 세 병

# 소나무 숲에 흐르는 시간

이 애 경   作 , 2 0 0 3 년

# 글

글이라는 게 그렇다.
궁핍해야 써진다.
조급해야 몇 줄 더 채워지니 말이다.
글이 곡식인가 보다.
글이 삶인가 보네!

# 목선木船의 기다림

무엇을 한탄하며 누구를 기다릴까.
옹진甕津 시도矢島****의 물 빠진 갯벌에
갇혀 있는 폐목선은!
나의 발길을 붙잡고 이야기를 걸어온다.

스쳐 지나가는 바닷바람이 그립다고
새우깡을 갈구하는 갈매기 떼의 고함 소리가 정겹다고
훼손된 목선을 손봐 줄 자상한 어부의 손길을 기다린
다고
자유롭게 항해를 도와주는 밀물을 사랑한다고
억센 동풍凍風을 이겨낸 송화松花 가루의 소문 없는
방문을 기다리며

---

**** 시도(矢島), 신도(信島), 모도(茅島)는 인천 옹진군의 인천국제공항의 영종도
북단에 있는 섬이다.
고려 말엽 외적으로부터 나라를 보호하기 위하여 군대를 양성하던 중 외부
로부터 비밀리에 훈련을 시키기 위하여 강화군 마이산에서 군대를 양성하
고 군인들이 훈련으로 본도를 목표로 활쏘기 연습을 하였다 하여 활 시(矢)
자와 섬 도(島)자를 따서 시도라 불려오며 일명 "살섬"이라고도 한다.

당신의 커피 한 통과 막걸리 세 병

물 빠진 갯벌의 한쪽 귀퉁이에서
누구도 원망하지 않고
바다를 지켜볼 뿐이네!

# 새벽은

이슬의 고향
초록 생각의 출발
아무도 모르게 청명한 공기를 폐와 연결하고
하얀 시작을 불러 모으는 먹잇감
용서의 심판을 주고
화해의 단추를 끼고 있는 시간
희망을 새기는 석수장이
각오를 쌓은 세월
새벽은!

# 땀의 가치

취중에
지나가는 봄바람은
아무나 잡을 수 있다.

비록 수수한 옷차림이지만
비지땀을 흘리고 산 정상에 올라선 자만이
계곡을 호령한 송풍松風의 산바람을
폐 주머니에 넣을 수 있다.

# 백록담白鹿潭은 다시 오르지 않으리

나 다시,
그곳 백록담은 다시 오르지 않으리.

바닷바람의 신선함과
설경의 순수함이 있고
작은 빗줄기가 결빙으로 온몸을 치장하여
상고대霜固帶로 변하여 환희를 주고
눈 아래에 펼쳐진 먼 수평선이 유혹과
하산 뒤 입 벌어지는 막걸리 잔이 기다릴지라도
백록담은 다시 오르지 않으리.

아주 간간이라도 흔한 소나무 한 그루 반겨 주지 않고
낯선 일색의 모두 같은 나무들이며
발로 밟으면
삐뚤삐뚤 괴로움을 주는 용암석의 성격이며
하산 길에 힘 빠져나간 다리의 무료함까지도
지루한 나룻배의 항해 길 같은
백록담은 다시 오르지 않으리.

혹여 오른다면
다시는 내려오지 않으리라는 약조를 받고
영원히 백록담에서 머무른다면 오르리라.
또한 세상을 바라보는 나의 눈이
모角가 났거나 메말라 있을 때
삐죽삐죽한 용암의 모서리를 밟으며 올라
내 마음으로부터 둥글둥글 윤기가 나는 돌을
만들어야 하는
다급함이 있다면 다시 오르리라.

그렇지 않으면
절대로 백록담은 다시 오르지 않으리라.
절대로 다시는……:

# 인연

나뭇가지가 잘려 간다.
홀가분해지는 몸통이 만들어진다.
바람도, 햇볕도 한결 수월하다고 환호성이다.
잘린 가지 끝에서는 수액의 눈물로 아파하기도 한다.

돈독해지고 싶은 인연도 있고
부담이 가는 인연도 있다.
멀리하고픈 인연은
고사목의 가지를 자르듯이
내 마음에서 도려낸 인연을 만든다.

오늘도 핸드폰의 전화번호를 지운다.
내일은
또 명함첩의 한 칸이 채워진다.
스스로 인연을 정리하면서
나의 잣대에 의해 내 마음대로
인연의 담장을 쌓아간다.

떠나보낸 사람도 인연이고

지금 곁에 둔 인연도 인연이지만

내 가슴 속에서 나만의 느낌으로 인연을 만들어 간다.

소나무 숲에 흐르는 시간

# 훔쳐보았네

나이가 들어 노인이 되어도
저 할머니만큼만 되어야지!

화려하지도
그렇다고
초라한 것도 아니면서
연륜이 녹아 있는 백일홍 같은 자태에 빠져
한참을 훔쳐보았네.

간간이 숨어있는 검은 머리는
감춰진 고집의 냄새를 풍겨 주고
전철 계단을 사뿐히 내릴 때
뒷계단을 스친 치맛단까지도
모진 풍파를 견뎌낸
여인의 걸음걸음이었네

그 걸음걸이에 흔들려
넋을 놓고 한참을 훔쳐보았네.
그 할머니를!

소나무 숲에 흐르는 시간

# 막걸리의 취기에 생각을 담아……

적당히 어우러진 막걸리 한 잔의 취기는
평온과 추억을 같이한다.

꽁꽁 동여맨 생각이
몽클하게 떠오르기도 하고
부끄러웠던 지난 시간은
고향 뒤뜰의
큰 단지에 숨겨 보기도 한다.

내일 아침 동광東光이
일상의 조급함을 데려올지라도
그 취기의 용감함으로
오염된 도심의 구름 위에서 너를 만나고
그리고 떠나보내고 싶다.
울컥 부모님 생각에 눈물짓게 하고
무작정 잘 되리라 믿어 보는 자식 생각에
뇌와 가슴까지 희망의 기氣를 열어 보기도 한다.

당신의 커피 한 통과 막걸리 세 병

알코올 기운에 뇌 한구석이 풍선처럼 둥둥 뜰 때
불현듯 스쳐 가는 바람 소리와
바람에 실려 떠도는 생각마저도
아무 종이나 가까이 하여
숨어있던 생각을 담아 본다.
막걸리 취기와 함께…….

# 오르는 게 많아!

여든이 넘은 연세이지만
막연한 묵은 인연으로 그분에게 물어본다.
"사모님과 같이 무엇을 하고 싶으세요?"라고.
답을 해주셨다.
"아내와 옷을 다 벗고 사랑을 한번 하고 싶어!"라고…….
이어서 물었다.
"그럼, 그렇게는 한 번도 안 해 보셨어요?"
"사모님께 그렇게 해 보자고 말씀하시면 되잖아요?"
그분이 대답했다.
"망측스럽다며 완강하네!"라고.


그랬구나!
좁은 방에, 모시는 어른은 많으시고,
올망졸망한 자식은 자고 있고
새색시의 숨죽여 살던 삶이 평생 굳어진
옛 며느리의 여유 없던 삶이 그려졌다.

우리 어머니도
별반 다르지 않은 안방의 정서로 나를 만들었겠지!
어머니께 물어봐도 될까!
징그러워하실까!
사뭇 궁금해지네.

나는 아직도 모르는 게 많은 나이다.

# 똥간과 시집

똥간에 가서
이해인 님 시 한 연을 읽고 지그시 눈을 감는다.

무엇을 써서 말하고 싶었는지
마음의 문을 열고 들어가 본다.
한 글자 한 단어의 깊이를
나의 가슴으로 옮겨 본다.

그러는 사이
항문 괄약근*****의 신경은 눈꺼풀이 처지면서
뇌와 눈 주변으로 옮겨진다.

힘주지 않아도
용쓰지 않아도
얼굴에 핏대를 세우지 않아도
통렬한 후련함으로 희열을 준다.

---

***** 괄약근(括約筋: 오무림살)은 고리 모양으로 된 근육으로, 인체의 필요로 인해
소화 기관 등의 어떤 통로를 열고 닫는 것을 제어한다.

똥간에서 힘쓸 때는
시집이 궁합이 맞음을 알아낸다.

된똥에는 시집이 제격이다.

소나무 숲에 흐르는 시간

# 그댄 사랑해도 될까요?

사랑이 뭐 별것인가요.
그냥 뭉클한 것.
그냥 좋은 것.
그냥 보고 싶은 것.
별말 안 했지만 고마운 것.
짧은 말 한마디에 울컥하고
눈빛 속의 따스함 읽을 수 있는 것.
그 따스함이 가슴으로 전해오는 것.
그런 게 사랑 아닌가요?
그래서 곁으로 다가서고 싶고
그래서 가슴속에 들어가고 싶은 것.
그런 게 사랑이 아닌가요?
젊음의 열정 같은 사랑만이 사랑인가요?
은은하면서
아주 조용하게 마음을 움직이는 것.
넘치지 않는 것.
화려하지 않은 것.
꾸미지 않은 것.
불현듯이 가을바람과 함께 나타나는 것.

당신의 커피 한 통과 막걸리 세 병

가을비 뒤에 더 그리운 것.

그런 게 사랑 아닌가요?

삶의 무게가 실려 있는 찡한 것.

그런 사랑 말이에요!

나

그댈 사랑해도 될까요?

# 그리움

먼저 세상을 떠난 이의 회상
강원도 화천에서 이 나라를 지키는 아들
원주에서 시민들을 보살피는 딸
고향 의성에서 집을 지키시는 어머니
멀리 바닷가의 고향 친구

그리고 더 한다면
단풍을 기다리는
푸른 잎일 것이다.
모두 그리워진다.

# 그 사람을 만나고 싶다

바람에 몸을 맡긴 사람은 잡지 마라.
웃고 있으나 마음을 잃어버린 사람은 허수아비 사랑이다.
향香을 가까이하지 않아도
은은한 사람 냄새로 여운을 주고
먼발치의 그림자만으로 울렁증을 주고
사춘기를 돌려주는
그 사람을 만나고 싶다.
나이는 허수虛數일지니
그저 바라보기만 해도
민물을 뛰쳐나온 피라미 떼같이
가슴을 뛰게 하는
그 사람을 만나러 추억이 있는 거랑*****으로 가자.
비릿한 냄새는 이유가 되질 않는다.
소담한 가슴속에 사람 냄새를 품은 그 사람을
마음으로 만나고 싶다.

***** 거랑: 경상도에서 사용하는 하천(川)의 방언

# 깻잎 짠지

세상이 이슬에 젖고
어둠이 홍수처럼 감싸고 있는 새벽
냉장고의 문을 열었다.

깻잎 짠지를 한 장씩 발라
숟가락 위에 올려
입안에 넣는다.

한 입 한 입 맞닿는
어금니와 함께 느껴지는
준비하는 향기
고향의 냄새
어머니의 정취가 온다.

# 없었다면······

하늘이 내려 보지 않고
땅에 누가 없었다면
손가락질 받아가며 한 번은 막살고 싶다.

부모님과
자식들이 없다면
한 번은 타락이라는 단어를 곁에 둘지도 모른다.

그럭저럭 위선을 가슴에 품고
귀하고
존재하는 것들 때문에
삶의 제어 장치가 되어
오늘도 선한 인간인 채
누구를 기다리려 한다.

# 불편不便과 불쾌不快

땅으로 박힌 나의 눈매 때문에
불편不便했구나.
창안에서의 구겨진 기분이
너까지 불편不便하게 만들어서 미안했다.

갈치 토막을 낸 것처럼
네 말을 끊어 버려 불쾌不快했구나.
아직 청춘인지
간간이 그 기백으로 남을 불쾌不快하게 하는
미성숙한 인간임을 고백한다.

# 김영오 빵집

서울 강남에서
맛으로 꽤 유명하다는 빵
직접 운영하여
서울에서도 서너 군데밖에 없어서
유명세를 잘 모르는 빵집

어버이의 날
치매를 치료하고 계시는
전주 장모님께 사 드렸다.
빵을 사 준 사람을 모르면서
그 빵은 맛이 있다고
잘 드신다.

다음엔
고향 집 어머니께도 사 드려야지!

# 먼저 가 본 눈물

이른 새벽 한강을 건넌다.
듬성듬성 앉은 시내버스 좌석에서
추위에 떨고 있는 올림픽대로의 가로등을 보며
딸 가람이를 떠올린다.

하얀 드레스를 입고
나와 함께 하객의 축하를 받으며 입장을 한 후
나는 잘생긴 청년에게
온기와 정이 스며든 딸의 손을 넘긴다.

내 생각의 영화는 그쯤에서 멈추고
하염없이 눈물이 흐른다.
한강의 흐름만큼이나 빠르게 볼을 탄다.

당신의 커피 한 통과 막걸리 세 병

먼저 가 경험해 본 눈물에서
또 깨달음이 있다.
아버지도
누나를 키우면서
눈물을 흘려 보셨겠지?

# AM 5시 20분 버스

딸아이 또래 아가씨가
서울 이촌동에서 내가 타는 다음 정류장에서 버스에 오
른다.
이른 새벽에
단정하게 유행 타지 않는 모습으로
시선을 버스 바닥으로 깔아
내적인 정숙을 표현한다.

AM 5시 20분 버스 안에서 보여 준 정갈스러움은
훨씬 이전에는 분주했으리라 가늠하게 하면서
어떤 직장일까!
왜, 새벽에 출근할까
많은 추측을 하게 한다.

잠이 많을 나이임을
딸에게 배웠기에
버스를 타기 전부터 부지런 떨었을 그 아가씨가
오늘은 더 커 보인다.
더 애착이 간다.

그 부지런함 변하지 말라.

그러면 꼭 성공하리라.

아무리 녹록하지 않은 서울 하늘 아래이지만…….

# 관심

화장실 옆 칸의
과한 신음 소리는
환희의 기쁨인지,
괴로움의 호소인지
사뭇
궁금할 때가 많다.

분주한 삶이라
그냥 스쳐 가는 우리들이지만
이젠
후미진 곳에도
호롱불을 비춰 찾고 싶어지네.

# 좋은 것들

나보다 우리가 좋다.
내 것보다는 우리의 것이 풍성하다.
욕심보다는 배려가 더 따스하다.
아차산에 모인 우리
찡한 가슴을 담아
또 한 걸음 한 걸음 내디뎌 보자.
긴 선線을 만들기 위해
희미한 점点이지만
걸음마다 찍어 보자
내일을 위해…….

# 걱정이 뭔지 물어본다

늘 생각한다.
많은 생각 속에는 걱정이라는 존재도 있다.

아득히 지나온
걱정했던 지난 일들을 되뇌어 본다.
머리를 가득히 채우지 않아도 될 두통거리를
나 스스로 붙잡아 두었고
머리에도
어깨에도
꿈결에도, 늘 생각으로
가까이 둔 애완견처럼 따라다녔다.

걱정을 해서 그 산적한 일을 해결했는지?
할 수 있는 일을 눈앞에 두고
걱정부터 앞세워
까만 밤을 하얗게 지새웠는지를……

당신의 커피 한 통과 막걸리 세 병

걱정이 뭔지

나 스스로에게 물어본다.

소나무 숲에 흐르는 시간

# 시상詩想

상큼하게 머리에 앉은 짧은 한 줄의 언어를 잡고
도망가기 전에 여기저기 기록을 한다.
연필이 없을 때는 핸드폰 문자에 입력도 하고
맑은 정신으로 활자체의 결정에 미소 지어 보기도
하지만,
참 좋은 인연을 잃어버려 꿰지 못함이 더러 있어
많은 후회를 하곤 한다.

제철 지난, 허름한 안주머니에
꼬깃꼬깃 접힌 달랑 한 줄이지만
여기저기 향기의 입김을 불어 A4지 한 장을 메우기도
하지……
한 줄의 시구도 인연이 있어야 기록이 되고
나만의 억지를 부리며 미간의 고난이 없이는
시상詩想의 인연을 만들 수 없다.

당신의 커피 한 통과 막걸리 세 병

우연찮은 기회에 횡재의 인연도 있고
많이 다듬어지는 속에서도 결국은 버려지는
아픔도 있고
삶이 그렇듯이
짧은 단어 단어가 다 인연이어라.
미로처럼 빠져나가 조합하기도 하고
활주로를 한참 떠난 비행기처럼
구름 위에 올려놓고 싶은 한 줄 한 줄이어라.

소나무 숲에 흐르는 시간

# 눈물이 뭔가?

눈물은 울고 싶을 때 흘리는 게 눈물이다.
눈물을 보여서 부끄러운 것이 아니라
언어를 대신해서
때로는 말보다 먼저
내 가슴의 색깔을 보여주는 게 눈물이다.

요사이 나의 눈물은?
이른 새벽에 산길을 오르며
불현듯 발길을 멈추게 하고
커피 한 잔을 앞에다 두고
가사를 모르는 외국 노래의 음률과 음색만으로도
짠하게
나를 울리기도 한다.

울컥 솟구치는 설움에
고개 숙여 구석진 곳을 찾기도 하고,
울 만한 곳이 없어
울어 보지 못한 적도 있다.

눈물을 보여 흉이 되는 게 아니라
눈물은 나도 모르게 흘리는 게 눈물이다.

# 관악산 마당바위에서 만난 할머니

귀때기가 떨어질 듯한 혹한
체감 온도가 영하 십오 도라고 하는데
여든이 가까운 연세에
꼿꼿이 허리를 펴고 관악산 마당바위에 오셨다.

주변에 아픈 사람이 많아 환자가 되기 싫어
매주 일요일 아침 여덟 시에 도착을 한단다.
잠시 쉬었다가
교회 가는 시간을 맞춰 내려가신다.
지팡이 대신
우산을 짚고 오셔서
다음 주
집에서 놀고 있는 지팡이를 건네 드리기로 했다.
아침 여덟 시 그 마당바위에서……

※ 그다음 주는 1월 1일 해돋이 보러 가느라 만나지 못하고,
   1월 둘째 주에 만나 지팡이를 전해 줬다.
   간혹 일요일 아침 여덟 시 그 마당바위가 생각이 난다.

당신의 커피 한 통과 막걸리 세 병

# 가로등와 가로수의 조화

사월의 가로등 아래 벚꽃은
젊은 미소녀美少女와 같이 화사함이 더하고
시월의 가로등 시선을 받은 노란 은행잎은
성숙한 장년의 고독과 고집스러움의 색채를 읽게 한답
니다.
팔월의 가로등 아래 푸른 플라타너스 잎은
건장함과 굳건한 의지가 숨어 있고
일월의 가로등에 비친 앙상한 가지 위를
노크 없이 사뿐히 내려앉은 흰 눈은 조신함과
그것을 감추려는 수줍음을 내보입니다.

가로등만 나 홀로
가로수만 외로이 바람에게 추파를 보내는 게 싫어
가로등은 가로수를 배려한대요.
그래서
가로수는 가로등을 사랑한답니다.

# 인생 여행

삶의 고난을 내려놓고
나의 빈 그림자와 함께
비어 있는 빈 공간을
이 생각
저 생각으로
차곡차곡 채워 넣는 것.

이애경(화가, 부산사대 부설고교 미술 선생님)

이른 새벽 한강을 건넌다.
듬성듬성 앉은 시내버스 좌석에서
추위에 떨고 있는 올림픽대로의 가로등을 보며
딸 가람이를 떠올린다.

하얀 드레스를 입고
나와 함께 하객의 축하를 받으며 입장을 한 후
나는 잘생긴 청년에게
온기와 정이 스며든 딸의 손을 넘긴다.

「먼저 가 본 눈물」 중에서

권대순 작가님의 시詩는 온기보다는 한기에서 탄생했다는 추측을 가능하게 한다. 그의 시심 원천은 인성 본체를 구성한 알갱이로, 그는 그 세분화된 분가루 하나를 첨가해 시어를 기록하는 기술이 뛰어나다.

시어 압축 능력과 숨겨진 미래지향적 언어 표현이 극히 단순한 듯하지만, 이는 독자가 낭독하기 편하도록 배려했기 때문이다.

장편소설이 응축되어 서사시가 되었다면, 현재의 모든 것과 지금 이 시간의 정신과 아름다운 단어를 담은 문장이 "현대의 시"라고 볼 수 있다.

이 시집은 인생이 우리 모두에게 있어 현재 진행형임을 소회하듯 썼다. 담담함과 겸손한 마음가짐으로 읽는 모든 사람이 지면에서부터 눈을 창가 쪽으로 옮기면서 그 시어를 되뇌게 한다.

흡사 19세기 러시아 시인이며 소설가인 이반 투르게네프의 작품을 한국적, 현대적으로 마주 보는 듯하다. 이반 투르게네프는 군인 집안에서 성장했지만, 그 인본과 인성은 우리와 비슷한 모습이라 솔직하고 일반적인 시 언어를 무난히 완성했기 때문이다.

당신의 커피 한 통과 막걸리 세 병

이 시집은 다 같이 공감할 수 있는 평범한 일상을 권대순 작가님만의 시 언어로 전환한 것으로, 모두의 손에서 시작하여 가슴으로 읽히기를 기대한다.

2020년 2월
부산 수영강변에서

이애경 作, 2002년